Das Leben, eine Gebrauchsanweisung

Georges Perec

LEKTÜRE HILFE

Das Leben, eine Gebrauchsanweisung

Georges Perec

Verfasst von Amandine Farges
Übersetzt von Gerda Fischer

DER QUERLESER

DER QUERLESER

GEORGES PÉREC

FRANZÖSISCHER SCHRIFTSTELLER

- **Geboren 1936 in Paris**
- **Gestorben 1982 in Ivry-sur-Seine**
- **Einige seiner Werke:**
  - *Die Dinge* (1965), Roman
  - *Das Verschwinden* (1969), Roman
  - *W oder die Kindheitserinnerung* (1975), Erzählung

Georges Pérec wurde 1936 als Sohn polnisch-jüdischer Eltern geboren und wurde im Alter von sieben Jahren zur Waise (sein Vater starb im Krieg und seine Mutter bei der Deportation).

Nach seinem Studium der Literaturwissenschaft veröffentlichte er 1965 seinen ersten Roman *Les Choses*, der mit dem Prix Renaudot ausgezeichnet wurde. Beeinflusst von Raymond Queneau, integrierte er die wissenschaftlichen Zwänge der OuLiPo, deren Mitglied er 1967 wurde, in seine späteren Werke (das Lipogramm in *La Disparition* oder der Monovokalismus in *Les Revenentes*).

1975 kehrte er in *W ou le Souvenir d'enfance*, in dem er zwischen autobiografischer Erzählung und Abenteuerroman wechselte, zu seiner Kindheit zurück. 1978 veröffentlichte er *La Vie mode d'emploi*, ein in jeder Hinsicht ehrgeiziges Werk, das ihm zum Durchbruch verhalf.

Neben seiner Tätigkeit als Schriftsteller war Georges Pérec auch ein talentierter Kruzifixer.

Er starb 1982 und hinterließ zahlreiche Texte, die posthum veröffentlicht wurden und ein Werk bereicherten, in dem durch die Vorliebe für Geschichten und die Liebe zur Sprache immer auch die Angst vor dem Verschwinden zu lesen ist.

DAS LEBEN, EINE GEBRAUCHSANWEISUNG

ROMAN GESAMT

- **Genre:** Roman
- **Referenzausgabe:** *La Vie mode d'emploi*, Paris, Le Livre de poche, 1986, 706 S.
- **1. Auflage:** 1978
- **Themen:** Kunst, OuLiPo, Soziologie, Romantik, Inventar, Tod

Der umfassende Roman, *La Vie mode d'emploi* beschreibt in 6 Teilen und 99 Kapiteln das Leben der Bewohner des Gebäudes in der Rue Simon-Crubellier 11 (einer imaginären Straße im 17. Arrondissement von Paris) von 1875 bis 1975.

Das Buch ist wie ein Puzzle aufgebaut: 42 erzählerische Vorgaben, die mit einem mathematischen Modell verbunden sind, werden in einem sehr präzisen Pflichtenheft mit komplexen Tabellen (Vorgaben, Chronologie, Geschichten...) beschrieben. Der Autor hat zum Beispiel „Paare" gebildet, die ein Gemälde und ein Buch zusammenbringen und die jeweils 10 Kapitel inspirieren sollen.

La Vie mode d'emploi, an dem neun Jahre lang geschrieben wurde, ist das Meisterwerk von Georges Pérec. In der Tat beweist der Autor mit diesem Roman, oder besser gesagt, mit diesen Romanen, seine unglaubliche Beherrschung formaler Zwänge, die jedoch (und das ist der Beweis für seine Genialität) dem Lesevergnügen den vollen Raum lassen.

Das Buch erhielt 1978, im Jahr seiner Veröffentlichung, den Prix Médicis und wird von den unterschiedlichsten Schriftstellern immer wieder als Referenz zitiert.

ZUSAMMENFASSUNG

Der Ansatz des OuLiPo besteht darin, den Zwang als Generator für Geschichten zu nutzen. *La Vie mode d'emploi* ist das Produkt eines komplexen Systems, das aus Regeln und Zwängen besteht. Als Georges Perec 1978 auf die Fragen von Jean-Jacques Brochier (französischer Journalist und Chefredakteur des *Magazine littéraire* von 1968 bis 2004) antwortete, stellte er selbst fest: „Das Buch ist zu einer wahren Maschine geworden, um Geschichten zu erzählen, sowohl Geschichten, die in drei Zeilen passen, als auch solche, die sich über mehrere Kapitel erstrecken."

In 99 kleinen Kapiteln (entsprechend der Anzahl der Zimmer in einem Gebäude) erzählt der Autor in *La Vie mode d'emploi* mehr als 100 Geschichten oder kleine Romane aus einem Jahrhundert (die im Anhang „Erinnerung an einige der in diesem Buch erzählten Geschichten" aufgelistet sind).

Aus diesem Ensemble, das erst in seiner Gesamtheit seine volle Bedeutung entfaltet, ragen jedoch einige Geschichten heraus, denn es sind die Geschichten der Hauptfiguren: Ihr Aufenthalt in dem Gebäude bricht alle Rekorde an Langlebigkeit und sie tauchen in vielen Teilen des Buches auf und dienen dem Ganzen als roter Faden und Chronologie.

Tatsächlich ließ sich Serge Valène bereits 1919 in der Rue Simon-Crubellier 11 nieder und 1925 begann er, seinem

Nachbarn Bartlebooth Aquarellunterricht zu geben. Im selben Jahr wird ein Aufzug in das Gebäude eingebaut. Gaspard und Marguerite Winckler ziehen 1932 in das Gebäude ein, zwei Jahre nachdem sie geheiratet haben. Bei einem von Bartlebooth organisierten Abendessen lernen sie Valène kennen, der seine Nachbarn einlädt, ihn 1937 an Bord seiner Jacht zwischen Triest und Doubrovnik zu treffen.

Natürlich ist es Bartlebooths verrücktes Projekt, das die umfangreichste Handlung des Romans darstellt, da diese Figur beschließt, „angesichts der unentwirrbaren Inkohärenz der Welt […] bis zum Ende ein Programm zu erfüllen, das vielleicht begrenzt, aber vollständig, intakt und irreduzibel ist" (S. 156). Diese Entscheidung traf er mit gerade einmal zwanzig Jahren und dieses Programm sollte ihn bis zu seinem fünfundsiebzigsten Lebensjahr beschäftigen. Im Alter von 25 bis 35 Jahren beschloss er, Aquarellmalerei zu erlernen. Die nächsten 20 Jahre verbrachte er damit, die Welt zu bereisen und Landschaften zu malen, die er Winckler schickte, damit dieser sie in ein Puzzle umwandelte. 1955 begann er eine neue 20-jährige Periode, in der er diese 500 Puzzles zusammensetzte, bevor er sie systematisch zerstörte, damit – und das ist die Herausforderung dieses Projekts – keine Spuren dieses Vorhabens, dem er sein ganzes Leben gewidmet hatte, übrig blieben. Leider kommen trotz Bartlebooths rigoroser Vorgehensweise mehrere Sandkörner in das Getriebe dieses perfekten Plans. Zunächst einmal musste er sich 1973 einer Kataraktoperation unterziehen, wodurch sein Sehvermögen zunehmend nachließ.

Er schafft es jedoch, diese Behinderung zu überwinden und setzt die Umsetzung seines Programms fort. Ebenso ignoriert er das Angebot von Beyssandre, dem Agenten eines Mäzens, der ihn beauftragt hat, die reichste Privatsammlung lebender Maler aufzubauen. Um dieses Ziel zu erreichen, bietet der Agent Bartlebooth an, ihm seine restlichen fragmentierten Aquarelle für zehn Millionen Dollar abzukaufen. Als er dieses Angebot ablehnt, ist es schließlich die „lange Rache, die [Gaspard Winckler] so geduldig, so gründlich geschmiedet hat" (S. 22), die Bartlebooth an der Tür zur Erfüllung seines Plans stolpern lässt. Nachdem er vom Tod des Kameramanns erfahren hat, der die Zerstörung des 438. Puzzles filmen sollte, überrascht ihn sein eigener Tod, als er gerade dabei ist, sein 439. Puzzle zu vollenden.

Rund um diese Geschichte, die man als außergewöhnlich bezeichnen könnte, entfalten sich zahlreiche weitere Handlungsstränge, die mit den verschiedenen Bewohnern des Gebäudes zusammenhängen. Da der Autor, wie er es formulierte, den Ehrgeiz hat, „das Reale zu erschöpfen", lässt er es sich nicht nehmen, uns über zahlreiche Details des Alltags zu informieren. Denn er meinte: „Was wirklich passiert, was wir erleben, der Rest, alles andere, wo ist es? Das, was jeden Tag passiert und jeden Tag wiederkehrt, das Banale, das Alltägliche, das Offensichtliche, das Gewöhnliche, das Ungewöhnliche, das *Grundrauschen*, *das* übliche – wie soll man darüber berichten, wie soll man es hinterfragen, wie soll man es beschreiben? (*L'Infra-ordinaire*, 1989).

UNTERSUCHUNG DER CHARAKTERE

GASPARD WINCKLER

Der Roman beginnt mit dem Besuch einer Immobilien-maklerin, die die Wohnung dieses Mannes inspiziert, der zwei Jahre zuvor gestorben ist, ohne eine Familie zu hinterlassen. Im Laufe des Buches werden verschiedene Episoden aus seinem Leben erzählt, die uns helfen, sein Leben besser zu verstehen. So erfahren wir, dass Gaspard Winckler im Alter von 19 Jahren, ohne Bindungen und ohne berufliche Laufbahn, sich freiwillig gemeldet hatte und 18 Monate „unweit von Spanisch-Marokko verbrachte, wo er praktisch nichts anderes zu tun hatte, als übertrieben kunstvoll gearbeitete Kegel für drei Viertel der Garnison zu schnitzen." (S. 311) Als er 1930 gerade aus Afrika zurückkehrte, lernte er in Marseille Marguerite kennen, die später seine Frau wurde und mit der er sich in der Rue Simon-Crubellier 11 nieder-ließ. Viele Jahre nach diesem Umzug und nachdem er gerade seine Frau verloren hatte, wurde er von Bartle-booth angestellt, um Puzzles herzustellen. Nach Abschluss dieser Arbeit begann er 1955 mit der Her-stellung von Ringen, widmete sich dann aber den „Hexenspiegeln" und brach alle Aktivitäten zwei Jahre vor seinem Tod ab. Er ist ein einsamer Mann, dessen ein-zige Beschäftigung die Spaziergänge im Parc Monceau sind, die er schließlich auch aufgibt. Er ging nur noch zum Mittagessen bei Riri und zum Backgammonspiel mit seinem Nachbarn, dem Chemiker Morellet, aus (Spiele, die ihn, den sonst so ruhigen Mann, in Rage bringen konnten), bevor er am 29. Oktober 1973 starb.

MARGUERITE WINCKLER

Als Ehefrau von Gaspard arbeitete sie bei einem Sammler alter Musikinstrumente, der sie wegen ihres Talents als Dekorateurin beschäftigte. Später arbeitete sie selbstständig als Miniaturistin. Sie ist sehr genau und „hatte paradoxerweise eine unwiderstehliche Anziehungskraft für das Durcheinander" (S. 309), wie die Beschreibung ihres Tisches zeigt (S. 310). Sie ist eine „sanfte und lachende Frau, die einen so klaren Blick auf die Welt richtete". Sie geht oft mit ihrem Nachbarn, dem Zeichenlehrer Valène, spazieren, der ihr schließlich seine Liebe gesteht. Durch seine Augen erfahren wir, dass „sie auf unaufdringliche Weise hübsch war: ein blasser Teint mit Sommersprossen, leicht eingefallene Wangen, graublaue Augen" (S. 309). Sie starb „im November 1943, als sie ein tot geborenes Kind zur Welt brachte." (p.313)

SERGE VALÈNE

Serge Valène ist Maler. Er wurde in Étampes geboren und begann, sein Dienstmädchenzimmer in der 7e Etage des Gebäudes zu vermieten, als er im Alter von 19 Jahren nach Paris kam, um die Kunsthochschule zu besuchen. Er wird es nie verlassen und stirbt 1975, nachdem er zum ältesten Bewohner des Gebäudes geworden ist. Das Kapitel LI ist übrigens dem Inventar dieses Zimmers gewidmet, das über dem Atelier von Gaspard Winckler liegt) und den Werken, die Valène geprägt haben. Der Künstler gibt in Bartlebooth zehn Jahre lang Malunterricht und unterrichtet Aquarellmalerei. Er verließ nie sein Zimmer, in dem er 1975 starb. Er hatte eine enge Beziehung zu Winckler und war heimlich in dessen Frau Marguerite verliebt. Er lernte das Paar einige Tage nach ihrem Einzug bei Bartlebooth kennen, der sie alle drei zum Abendessen einlud. Kurz vor seinem Tod, der kurz auf den Tod von Barblebooth folgt, hatte er den Plan für ein „totales" Gemälde entworfen, das das gesamte Gebäude einschließlich seiner selbst darstellen sollte (Kapitel LI). Als er jedoch tot aufgefunden wurde, „war die Leinwand praktisch leer: Ein paar sorgfältig gezogene Kohlestriche unterteilten sie in regelmäßige Quadrate, die Skizze eines Querschnittsplans eines Gebäudes, das von nun an keine Figur mehr bewohnen würde" (S. 602).

BARTLEBOOTH

Sein Name setzt sich aus zwei Familiennamen zusammen: Bartelby, eine Figur des amerikanischen Schriftstellers Herman Melville, und Barnabooth, ein literarischer Doppelgänger von Valery Larbaud. Als wohlhabender Mann hat er einen Diener, Smautf, sowie einen Chauffeur, eine Köchin, ein Küchenmädchen, einen Sommelier Maître d'hôtel, eine Wäscherin, einen Kämmerer und einen Lakaien zu Diensten. Für „alle Leute im Gebäude [ist er] der Inbegriff des britischen

Phlegmas, der Diskretion, der Höflichkeit, der exquisiten Urbanität" (S. 418). Sein Salon ist voller Wunder (siehe Kapitel LXXXVII), aber da „Geld, Macht, Kunst und Frauen Bartlebooth nicht interessierten. Auch Wissenschaft und Spiele waren ihm egal" (S. 157). Er entwirft ein Projekt, dem er sein Leben widmen will, und folgt dabei einem sehr genauen Plan. Zunächst lernte er zehn Jahre lang die Kunst der Aquarellmalerei kennen. Er nahm Unterricht bei Valène, entdeckte das Gebäude und kaufte dort eine Wohnung, als er noch nicht einmal 30 Jahre alt war. In den nächsten zwanzig Jahren reist er um die Welt und malt fünfhundert Marinemotive (nach einem gut funktionierenden Mechanismus, der auf den Seiten 80-84 beschrieben wird), die er Winckler schickt, damit dieser sie in ein Puzzle umwandelt. Schließlich setzt er weitere zwanzig Jahre lang die Puzzles zusammen, um sie dann zu zerstören. Zu diesem Zweck zieht er also wieder in die Rue Simon-Crubellier 11, wo die Bewohner ihm begegnen, bekleidet mit „seiner üblichen grauen Flanellhose, einer karierten Jacke und einem dieser Hemden aus schottischem Garn, die er so sehr liebte" (S. 166). Er lehnt die Vorschläge des Sammlers Beyssandre ab, der ihm seine zerstückelten Aquarelle zu einem hohen Preis abkaufen möchte, und stirbt, bevor er sein gesamtes Projekt verwirklicht hat, ein Puzzleteil in der Hand.

ANDERE EINWOHNER

Natürlich könnte man noch viele weitere Charaktere aufzählen, da sich in *La Vie mode d'emploi* mehr als 2000

Personen begegnen. Wir werden jedoch nur die wichtigsten erwähnen.

Hortense, „eine Frau in den Dreißigern mit einem harten Gesicht und unruhigen Augen" (S. 237), ist eine Popsängerin. Sie wurde erfolgreich, indem sie ihr Geschlecht änderte und die Jahre, die sie unter dem NamenSam Horton gelebt hatte, hinter sich ließ.

Grégoire Simpson wird aufgrund eines Personalabbaus aus seiner Stelle in einer Bibliothek entlassen. Nach seiner Entlassung irrt er durch Paris, wobei seine Aufmerksamkeit auf tausend Gegenstände gerichtet ist, und schließt sich schließlich in seinem Zimmer in dem Gebäude ein, in dem er wohnt. „Trotz seines klingenden Namens war Gregoire Simpson nicht im Geringsten ein Engländer. Er kam aus Thonon-les-Bains." (p.307)

Die Danglars sind ein Magistratenpaar, dessen sexuelle Perversion darin besteht, Diebstähle zu begehen. Sie wurden „am 5. Januar festgenommen, als sie versuchten, heimlich in die Schweiz zu denken. Und man erfuhr mit Erstaunen, dass der hohe Magistrat und seine Frau seit Kriegsende etwa dreißig Einbrüche begangen hatten, einer dreister als der andere." (p.491).

Wir treffen auch **Fernand de Beaumont**, den Archäologen und Freund Bartlebooths, der sich am 12. November 1935 das Leben nahm und seine Frau Véra und seine „sechsjährige Tochter Elizabeth, die ihren Vater, der wegen seiner Ausgrabungen weit weg von Paris war, nie gesehen hatte" (S. 39), zurückließ.

SCHLÜSSEL ZUM LESEN

LA VIE MODE D'EMPLOI, OULIPIENHAFTES BUCH

Das OuLiPo oder Ouvroir de Littérature Potentielle wurde 1960 von François Le Lionnais (französischer Ingenieur und Mathematiker, 1901-1984) und Raymond Queneau (französischer Schriftsteller, 1903-1976) gegründet. Diese Gruppe, der sowohl literarische als auch wissenschaftliche Persönlichkeiten angehörten, hatte sich zum Ziel gesetzt, mit verschiedenen literarischen Zwängen zu experimentieren (darunter das Alphabet, das Lipogramm, das Palindrom, das gezeichnete Sonett usw.).

Bei den monatlichen Treffen werden nicht nur Stilübungen durchgeführt und neue kreiert, sondern auch ältere Werke analysiert, bei denen die Autoren mehr oder weniger bewusst Zwänge angewandt haben. Diese Autoren werden als „antizipierte Plagiatoren" bezeichnet.

Zu den herausragenden Werken, die dank OuLiPo entstanden sind, gehören Raymond Queneaus *Hunderttausend Milliarden Gedichte, die* auf dem Prinzip der kombinatorischen Poesie beruhen, Georges Perecs berühmtes Lipogramm *La Disparition* ("dem ein Buchstabe fehlt", hier das e) und *La Vie mode d'emploi* desselben Autors.

Das Pflichtenheft von *La Vie mode d'emploi*

In *La Vie mode d'emploi* setzte Georges Perec das von OuLiPo eingeführte System des Zwangs um. Er war zwar ein großer Nutzer dieses Systems, doch sein Talent bestand vor allem darin, es in seinen Texten nahezu unsichtbar zu machen. Dabei interessierte er sich vor allem für die Art und Weise, wie die Übung als Schreibgenerator fungieren kann. Bei der Lektüre des Werks ist der Zwang unsichtbar, unterschwellig, und belastet den Leser somit in keiner Weise. Während es manchen Spaß macht, in der Vielzahl der Geschichten den Zwang zu erkennen, der sie hervorgebracht hat, können sich andere einfach vom reinen Lesevergnügen tragen lassen. In „*La Vie mode d'emploi*" sind die Zwänge vielfältig und sehr ausgeklügelt. Die Vorgaben für die Erstellung des Textes sind umfangreich und komplex. Die Idee dazu entstand aus einem Brief, den Claude Berge, ein anderes OuLiPo-Mitglied, an den Autor richtete, weil er vor kurzem das „orthogonale lateinische Bi-Quadrat der Ordnung 10" entdeckt hatte. Dieses Raster und sein komplexes Verteilungssystem in Verbindung mit der Polygraphie des Springers (des Schachspiels) bilden die Grundlage für die Struktur des Werks, dessen Aufbau diesem Spaziergang durch die verschiedenen Räume des Gebäudes folgen wird.

Zwang als Generator von Schrift und Geschichten

Georges Perec ging es also in erster Linie darum, sich für das Leben der Bewohner eines Wohnhauses zu interessieren. Nun musste er nur noch die „Besichtigung" organisieren, zu der der Leser eingeladen wird, indem er von einem Raum zum anderen springt, von einer Person zu ihrer Nachbarin, von einer Geschichte zur nächsten. Damit diese Schnitzeljagd reich und interessant wird, hat sich Perec eine Art „Datenbanken" angelegt, die die zweite Einschränkung des Buches darstellen. Wiederum gibt uns das Pflichtenheft großen Aufschluss über seine Vorgehensweise, da wir Zugang zu den 420 Elementen haben, die in Gruppen von 10 organisiert sind und die der Autor zur Bereicherung seines Textes verwenden wird. Er selbst erklärte in dem Interview mit Jean-Jacques Brochier 1978: „Am Anfang hatte ich 420 Elemente, die in Zehnergruppen verteilt waren: Namen von Farben, Anzahl der Personen pro Raum, Ereignisse wie Amerika vor Kolumbus, Asien in der Antike oder das Mittelalter in England, Details von Möbeln, literarische Zitate usw. Ich hatte also 420 Elemente, die in Zehnergruppen angeordnet waren. All das lieferte mir eine Art Gerüst [...]. In jedes Kapitel sollten einige dieser Elemente einfließen. Das war meine Küche, ein Gerüst, für dessen Aufbau ich fast zwei Jahre gebraucht habe." Nachdem dieses Gerüst stand, konnte Georges Perec mit der Fertigstellung des gesamten Möbelstücks beginnen.

GEORGES PEREC, ERBAUER VON ROMANEN

Während Proust behauptet, sein Werk wie eine Kathedrale gebaut zu haben, fiel Perecs Wahl auf ein Hochhaus... Er stellte sein Projekt 1974 in *Espèces d'Espaces vor:* „Ich stelle mir ein Pariser Gebäude vor, dessen Fassade entfernt wurde [...], sodass vom Erdgeschoss bis zu den

Mansarden alle Räume, die sich an der Fassade befinden, sofort und gleichzeitig sichtbar sind". Dieses sechsstöckige Pariser Gebäude befindet sich in der Rue Simon-Crubellier 11 – einer imaginären Straße im 17. Arrondissement[e] – und wird von zahlreichen Bewohnern bevölkert, von denen jeder eine Geschichte mit sich bringt, die wie ein Puzzle nur innerhalb des Systems (d. h. des Gebäudes) einen Sinn ergibt. Die verstreuten Elemente, die sich aus den Kurzromanen unterschiedlicher Genres und Register zusammensetzen, erhalten ihren Sinn und ihre Lesbarkeit erst, wenn man sie zusammensetzt.

Perec ist Teil der modernen Literatur, da sein Ansatz im Gegensatz zu den Methoden steht, die im vorherigen Jahrhundert vorherrschten. Das 19. Jahrhundert hatte uns an individuelle *Lebensläufe* gewöhnt (wie etwa Guy de Maupassants *Une vie* oder Gustave Flauberts *Madame Bovary*), während hier die Existenz nur in Bezug auf das Ganze, in das sie eingebettet ist, einen Sinn ergibt. Die gewöhnlichsten Existenzen – denn Perec befasst sich mit dem alltäglichen Leben im Wohnhaus – erhalten eine Resonanz, eine Bedeutung innerhalb dieses totalen Romans, der per definitionem nicht auf die kleinsten Leben verzichten kann. Und um diese aufzurufen, verwendet Pérec Aufzählungen, eine länger als die andere, die schließlich wie ein Versuch wirken, das Reale zu erschöpfen (trug sein vorheriges Buch nicht übrigens den Titel *Tentative d'épuisement d'un lieu parisien?*). Dieser Wille ist im Text von *La Vie mode d'emploi* selbst vorhanden und wird von Bartlebooth aufgegriffen, dessen „Wunsch es wäre, zu beschreiben, zu erschöpfen, nicht die Gesamtheit der Welt – ein Projekt, das allein durch seine Aussage ruiniert wird –, sondern ein aus ihr bestehendes Fragment." (p.156)

Dabei scheinen die Beschreibungen der meisten Orte von der malerischen Technik des Hyperrealismus inspiriert zu sein. Wie es im Nouveau Roman der Fall sein könnte, haben die Figuren keine besondere Psychologie, sondern werden durch ihre Handlungen oder die Beschreibung ihres Interieurs und dessen, was darin enthalten ist, lebendig. Dieser totale Roman ist daher sehr referenziell. In der Tat werden zahlreiche Meisterwerke aus verschiedenen Künsten (Malerei, Literatur) zitiert, um die verschiedenen Charaktere zu porträtieren. Aber auch hier ist es Perecs Talent, diese Referenzen für den Leser nicht zu überwältigend werden zu lassen.

PERCIVAL BARTLEBOOTH, DREH- UND ANGELPUNKT DES WERKS

Im Zentrum dieser Galaxie von Einzelschicksalen steht Percival Bartlebooth. Als wohlhabender Mann ohne besondere Wünsche hat er sein Leben der Umsetzung eines Projekts gewidmet, das auf nichts anderes hinausläuft als auf seine eigene Vernichtung. Er hat sich ein Programm in drei Etappen vorgenommen: zehn Jahre, um die Kunst der Aquarellmalerei zu erlernen, zwanzig Jahre, um 500 Meeresbilder zu malen und sie in ein Puzzle verwandeln zu lassen, weitere zwanzig Jahre, um sie wieder zusammenzusetzen, bevor er sie vollständig verschwinden lässt. Als Totalkünstler setzt er sich das Ziel, dass „keine Spur von diesem Vorgang [bleibt], der seinen Autor fünfzig Jahre lang völlig in Anspruch genommen hätte." (S. 158) Wie kann man also keine Parallele zwischen diesem Plan mit extremen Einschränkungen, dessen zentrales Element die Figur des Puzzles ist, und dem Plan ziehen, den der Autor bei seinem Schreiben verfolgt? Perec selbst sieht sein Werk so, denn er schreibt 1974 in *Espèces d'espaces*: „Das ganze Buch hat sich wie ein Haus konstituiert, dessen Teile sich wie die eines Puzzles anordnen würden."

Tatsächlich enthält das Buch von Anfang bis Ende mehrere Hinweise auf das Puzzle: Zum einen in seiner Funktionsweise als solches; jedes Element erhält seinen Sinn aus dem Ganzen, in das es sich einfügt. Zum anderen steht das Puzzle im Zentrum der Handlung, da es die Hauptfiguren von *La Vie mode d'emploi* (Valène, der Maler, Winckler, der Handwerker, und Bartlebooth, der Künstler – drei Seiten desselben Spiegels des Autors) miteinander verbindet. Und wie könnte man in dieser Beschreibung der Kunst des Puzzelns nicht eine Metapher für den Beruf des Schriftstellers lesen?

> *„Daraus lässt sich etwas ableiten, was wohl die letzte Wahrheit des Puzzles ist: Trotz des Anscheins ist es kein einsames Spiel: Jede Geste, die der Puzzleleger macht, hat der Puzzlemacher vor ihm gemacht; jedes Teil, das er aufnimmt und wieder aufnimmt, das er untersucht, das er streichelt, jede Kombination, die er ausprobiert und wieder ausprobiert, jedes Tasten, jede Intuition, jede Hoffnung, jede Entmutigung, wurde vom anderen entschieden, berechnet, studiert." (p. 251)*

Die Figur Bartlebooth ist übrigens mehr als der Dreh- und Angelpunkt des Buches, sie ist seine eigentliche Bedingung, denn *La Vie mode d'emploi* endet, sobald er seinen letzten Atemzug getan hat, diesen berühmten

„dreiundzwanzigsten Juni neunzehnhundertfünfund-
siebzig", obwohl es bald acht Uhr abends ist. Die Wie-
derholung des Datums und der Uhrzeit dient dazu, die
Beschreibung aller Aktivitäten im Gebäude zu genau
diesem Zeitpunkt einzuleiten: Kléber hat einen Erfolg,
Mademoiselle Crespi schläft, Madame Marcia öffnet in
ihrem Zimmer ein Glas russische Gurken … und „une
employé d'agence immobilière vient visiter tardifment
l'appartement qu'occupait Gaspard Winckler" (S. 599).
Wir sind also wieder im ersten Kapitel des Werks ange-
langt, während alles bald verschwinden wird, und zwar
genau in dem Moment, in dem Bartlebooth stirbt. Der Tod
der Figur scheint also alle Welten zu enthalten, er, der
„wollte, dass sich das gesamte Projekt in sich selbst
schließt, ohne Spuren zu hinterlassen, wie ein Ölmeer,
das sich über einem ertrinkenden Mann schließt, er
wollte, dass nichts, absolut nichts davon übrig bleibt,
dass nur Leere herauskommt, das makellose Weiß des
Nichts, die grundlose Perfektion des Nutzlosen." (p.481)

Ein weiteres beunruhigendes Detail, das diese Figur zum
perfekten Doppelgänger seines Autors zu machen
scheint, ist das Puzzleteil, das er in der Stunde seines
Todes in der Hand hält und das „die Form eines W hat,
seit langem vorhersehbar in seiner Ironie selbst" (S. 600).
Dieser Buchstabe verweist uns natürlich auf Georges
Pérecs Buch *W ou le souvenir d'enfance*, eine Querschnitts-
erzählung, in der der Autor seine schmerzhafte Kindheit
erzählt, die durch den Verlust seiner Eltern geprägt ist
(sein Vater fiel 1940 im Kampf und seine Mutter wurde
nach Auschwitz deportiert). Dieser Verlust verfolgt und
nährt das gesamte Werk Perécquiens.

EINIGE FRAGEN, UM IHRE ÜBERLEGUNGEN ZU VERTIEFEN...

- „Ich suche gleichzeitig das Ewige und das Vergängliche", schreibt Georges Perec in *Les Revenentes*. *Inwiefern* ist dieses Zitat in Bezug auf La Vie mode d'emploi relevant?

- Die Figur des Grégoire Simpson ist ein Echo auf ein anderes Werk von Georges Perec, welches?

- Es wurde gesagt, dass *La Vie mode d'emploi* eine Kritik an der Konsumgesellschaft sei, warum Ihrer Meinung nach?

- Welche verschiedenen Genres verwendet Perec in diesem Werk?

- Inwiefern kann *La Vie mode d'emploi* als autobiografisches Unternehmen betrachtet werden?

- Welche Beschränkungen von OuLiPo hat Perec in seinen anderen Werken verwendet?

- Welche Merkmale leiht sich *La Vie mode d'emploi* vom Nouveau Roman?

- Das Verschwinden ist ein wiederkehrendes Thema in Perecs Werk. Inwiefern ist es in *La Vie mode d'emploi* wirksam?

- Perecs Schreiben lässt Tragik und Humor immer nebeneinander stehen. Geben Sie Beispiele aus „*La Vie mode d'emploi*".

WEITERFÜHRENDE INFORMATIONEN

REFERENZAUSGABE

PEREC Georges, *La Vie mode d'emploi*, Paris, Le Livre de Poche, 1986.

REFERENZSTUDIEN

Website der OuLiPo: http://oulipo.net/

PEREC Georges, *Espèces d'espaces*, Paris, éditions Galilée, 1974.

PEREC Georges, *W ou le souvenir d'enfance*, Paris, Denoël, 1975.

PEREC Georges, *L'Infra-ordinaire*, Paris, Le Seuil, 1989.

CHUNG Ye Yung, *Das Gebäude, das leere Feld, der Roman*, Literatur Nr. 139, 2005.

COLLECTIF, *Georges Perec*, Éditions Incultes, 2005.

Deine Meinung ist uns wichtig!
Hinterlasse doch einen Kommentar auf der Seite
unserer Online-Buchhandlung
und teile Deine Favoriten in den sozialen Netzwerken!

derQuerleser.de
Literatur auf den Punkt gebracht!

www.derQuerleser.de

ISBN digitale Ausgabe: 9782808686938
ISBN gedruckte Ausgabe: 9782808698337
Pflichtexemplar: D/2023/12603/1113

Cover: © Plurilingua
Logo: © Graphicrepublic (Freepik.com) und Plurilingua

Digitale Aufbereitung: Primento, der digitale Partner der Herausgeber.